「僅僅是這樣渺小的微光，

便足以照亮整個黑夜。」

——微光詩刊創刊號序 洪崇德

光合作用

淡江大學微光現代詩社

代序：種種還原

黃文倩

《光合作用》是淡江大學微光現代詩社的第一本正式出版的詩作合集，分成二部分，輯一為由詩社幹部評選的公開徵選作品，輯二是歷屆詩刊的代表作，選錄的標準及最終的結果，均由詩社成員自主運作、擇定，若逢爭議，亦兼採對話與討論，因此雖然作為一個大學級的詩社，但與其說「微光」跟進的是學院派近百年文學史上的詩歌典律，不如體現的更多是自身世代的主體特色，尤以90年代出生者為核心（例如「微光」的歷屆社長的出生年份為：第一屆洪崇德一九八八、第二屆曾貴麟一九九一、第三屆許雅筑一九九四、第四屆曹馭博一九九四、第五屆林佑霖一九九五）。

90年代所開啟的又什麼樣的時代與世代？在政治上是台灣解嚴（一九八七），在思潮上是後現代、後殖民與解構主義，從史學上來說有新歷史主義的轉向，在文學創作與批評上，則是所謂的「眾聲喧嘩」。他們一開始就在一片相對前輩世代更寬鬆的政治與教育體制下成長，但卻也被迫得承擔台灣經濟開始長期停滯的現實，在這樣的條件下出生、長大的以至於過渡到21世紀初期的文藝青年，儘管對本土與島國有著更多的自覺認同，對社會也有更直接的懷疑審問，對自身的存在，有著更理直氣壯的幻化與想像的回應方式。閱讀他／她們的作品，時常讓我聯想到昔日當我更年少時，恐怕也並未有他們自覺到的視野的許多部分。

我揣想本書以《光合作用》命名，一方面自然是刻意的詩化，二方面或許也不無表現「微光」渴望在有光的作用下拔高、成長的存在狀態與日漸飽滿化的感情認識。同時，與許多已成名與出師的豐富與複雜的作家相比，「微光」們階段性所體現出來的許多思考和美學上的實驗焦慮，我以為更為可貴，例如將「想像」的視野，以素樸自然的文字，聯繫上善意、信任與懷念，如〈想像〉（楊沛容）：「想像真誠都寫進了等待／想像這個冬天是上一個冬天／想像你回頭望了幾眼／再一路走遠」，還有〈影子〉（邱伊辰）：「作為一名影子我只能／學習在你身上沉默／學習如何不弄濕你的衣裳／……在你背上／學習成為最輕薄的所有」，願意相信別人的可能的溫暖，願將自身放輕，弱化對他者的負荷，在這個時代並非是一種簡單的品格。例如體現一種清醒的現代知性與自我反省的品格，如〈上周末的遺書〉（曹馭博）：「你沒我那麼習慣／一絲不苟，或者／搪塞。／星期六／待在家裡也會迷路／……／你並不愛說謊，只是擔心／記憶有不在場證明。」馭博日後肯定會再繼續進步。例如揣摩與自身相異的性別及成人精神秘密世界的一角，如〈海岸是妳唯一的告別〉（李冠緯）：「將那些遠去的日子／煮成沸騰的煙服下／填充自己」，昔日的沸騰之於成人既是一種安慰，但如煙的填充終究是虛的，冠緯的瞬間悟性時常令我印象深刻。又例如〈異邦〉記《革命前夕的摩托車之旅》（林佑霖），藉由一種異邦革命的視覺淵源滋養自身：「用眼睛交換眼睛／用鮮血交換鮮血／你想像中的異邦／有了一條真實的路」你或許也開始靠近／懂得虛實相生的辯證關係。

當然有些題材越出了較個人、自我的範圍後，對「微光」的詩人們來說，處理的難度確實較高，例如〈把月亮忘在動物園屋頂〉（鄭安淳），在「重擊土地／再度開自己的花」之前，無論是將自身定位在一個浪漫派或現實主義的創作者，我們在感性和靈性上所需作出的準備，有時會比我們想像來的漫長，有些世界難以透過理性或知性靠近，緩慢地消化混沌並從中自然生產出悟性，需要機緣與等待。至於〈線，在折行與滑行〉（Lai lu）是老靈魂對「美」的堅持：「明天我們再見吧／你依然穿著剪裁合身的折線／只有我知道它們已經老了／……一件又一件絲質外套／滑過交換過花的痕跡／一次又一次我希望痕跡／能把一切阻止」，我很喜歡。願作者此生都能記住，自己確實曾有過如此純粹信仰「文學」與「美」的階段。

而略長於90世代的80後的「微光」創社社長的洪崇德，在詩作的格局與視野，顯然對自我要求更高，〈我要問你公理與正義的問題〉仿擬楊牧的名作，但勇於帶出的是晚近台灣22K世代的新視野和困惑，對知識分子的質疑，處理的相當敏銳，對發達資本主義的遊戲規則，亦有非媚俗的直覺詩化理解：「怎樣的水平才足以參與社會／且不讓知識的有無成為體制下／新的階級和暴力？／……假如渺小的此刻你放棄提問／假如在保安大隊的盾牆裡你發盡所有的聲音——／卻不能占領一個鏡頭」，希望崇德日後繼續追問「然後呢」？

我一向不認為自己有資格能作「微光」的「指導」，陪他們一起讀書和理解生活與生命，更接近我日常的實踐。中文系般善培主任偶爾好調侃我，說從社員到老師，「微光」和讀書會的成員們都是瘋子，我願意善意地理解他的判斷，並以為這是我們對目前俗世與平庸的現實的一種抗衡，在廣義的美與詩意的文藝的召喚與漫遊下，我們不過嘗試想還原回種種真正意義上的全人。

目次

輯二

輯一

〈她今年才十六歲〉楊沛容

她今年才十六歲
有想做的事
運氣欠佳
出生在某個
惡名昭彰的島嶼
這座島嶼十分安靜
這座島嶼沒有姓名

島嶼上的人互相提醒：記得回家投票，讓未來更好
有人義憤填膺
有人漫不經心而我
困惑不已
許多詞彙不明究理
眼前的現狀並非現狀
所謂的獨立，是什麼獨立
我知道什麼是家
又什麼是國呢？
那樣一張薄紙

真的能讓一切更好嗎？
無論誰說的未來指的都是
永遠不會來，是嗎？

這座島嶼沒有姓名
我和她一樣在此出生
吃這塊土地養出的稻米長大
看這裡的海浪
聽這裡的歌
這座島嶼也許可惡也許
混亂因此王八橫行
也許可憐也許
還要繼續哭泣
這座島嶼殺過人但是
她從來無須為自己存在道歉
我也絕不為我出生在這座島嶼
道歉

〈那些找不到愛情的夢遊者〉吳貞慧

他們燃燒華麗的形狀
燃燒多情而空虛的
顏色

在邊緣
孤魂野鬼似的流動
並攫取別人的夢填補
殘破的鏡子
和殘破的語詞

他們會穿過門
各種種類、款式的門
堅硬的、柔軟的
邪惡的、正義的
在所有的門前
他們發誓只要得到戀人的手指
剪下來
那些雨的姿勢

那些徐徐推移的煙霧
那些濕潤的對視
那些沒有意義的斑馬
全都剪下
從夢的頁面上

有那麼幾對眼睛裡
各自藏著鑰匙
等著他們互相打開
然後沿著梯子
爬進春天的深處
找到燦爛字母
試著發音
說出
「你從來不會甦醒
而我終於枯敗。」

〈為你，寫一首宇宙〉吳貞慧

不由自主地懷疑有一天，你會不再屬於我
像是光亮的慧星掃過阿鼻地獄，像是幻覺的燃燒
我無從確知自己擁有過，美麗的季節。

從此刻到明日的距離，猶如銀河
各種繁華或將老的光點在漂流，移動或對話
詞語失去位置，並預定離開它的姿勢。

那些沒有愛情的人在個別的黑洞
丈量飢餓與絕望，他們覺得好冷，好冷
沒有一點溫暖，所有低溫、潮濕的語言
都會從壓縮的太陽直接穿過，並抵達冥王星
而我還在這裡，用力鼓動胸口的餘燼
想為他們被遺忘的飛灰，重新製造
熱烈的骨骸，裝填值得繼續活著的血肉。

而你知道，我啊多麼想超越光速，寫一首宇宙
為你，寫你在我心臟的爆炸，寫大霹靂如何降臨

寫恆星的歷史，寫我如何粉碎過又復活在你的懷抱
寫啊，寫更多你我在末日以後的相遇，更多的
嶄新的詞彙、豔麗的玫瑰與火焰。

在吻與永恆之間，在花與命運之間
你的臉上有我想獵取的星圖，詩將為我召喚。

〈宮燈姐姐〉楊沛容

今天有點冷
請問現在幾點？
我忘了帶外套
想等待日出需要各種條件
包括隻身一人獨自前往

現在到底是幾點
我弄丟了我的錶
在一次體育館裡的練習
那次練習我好像到的太早
被全部人放了鴿子
請問現在幾點了？
你笑而不答轉身走掉
瘦長的影子在燈下拉長於大道之上
廁所很陰
我憋著尿可是不敢去
開不了口請你等我

先生請問現在幾點了？
什麼都趕不及我始終
不是太快就是太慢
總是無法剛好

〈想像〉楊沛容

想像起床那刻置身海底
透不進陽光
想像沒有一首歌出聲
跟枯萎的花那般啞
想像遠方不存在
踩在哪裡，哪裡就越來越遠
想像人群湧入臥房
拉開衣櫃，在此冬眠
想像沒有任何一種疾病可以醫治
從此再也沒有疾病

想像真誠都寫進了等待
想像這個冬天是上一個冬天
想像你回頭望了幾眼
再一路走遠

想像我已把想說的說完。

你聽懂了，
只是答我以靜默。

〈種種生活〉吳貞慧

如果能重新來過
我選擇一個人
過自己的生活

下雨的時候就把窗戶關上
以免雨水打進
放晴的時候好好的把一籃子的髒衣服洗乾淨
沒有任何痕跡

屋子很安靜
只有碗筷碰撞的聲音
水流動與哈欠聲
沒有過多的吵鬧

偶爾不回家
有時爛醉如泥
時常寂寞
但很快樂

〈上周末的遺書〉 曹馭博

關於生活，只想告訴你更多
最差勁的故事都來自
旅人，即使歉疚
是內容的唯一註解
即使遠方的辭職信永遠無效
那些貪得無厭的人
總希望從你身上
奪取一聲謝謝或更多

關於生活，只想
給予你更多
例如半打氣泡水或
一顆蘋果。星期六
生活的印記潰不成形
人們都沒有寫壞日記的特權
我把感言與文本
放進同張糖果紙裡
並且耿耿於懷

關於生活，只想透露你更多
所有拼圖都是孤獨的總合
你並不愛說謊，只是擔心
記憶有不在場證明
「我注定要沉溺其中」
安息日，記得
要醒來等待世界

再也不能夠道歉，再也
不能疲倦了。關於生活
我想告訴你更多
我相信眼淚
是移動的擬態
相信軀體不能夠擁有意義，唯獨慾望
不能超過兩個額度
悲傷的容量
只允許一品脫
除了快樂摸不著頭緒
其餘生活
我只想告訴你更多

〈大霧之內〉 林佑霖

——致M

你推開帶霧的玻璃門，走進
夢一般的咖啡廳裡坐下
微朽的桌椅鑲著年輪轉動
彷彿從前的日子又開始流動起來
木質化的回憶，光以及脈絡
在這瞬間又回到這裡

點了一份馬芬，一杯過份甜膩的
焦糖瑪琪朵，如葉的拉花化成白煙
鵝黃的燈光隱隱閃動，用以召喚
「玫瑰刺藤，於夜攀爬上床
撫慰你的牙根，選擇眼睛棲息
在白日甦醒又深深睡去」
等霧散去時我還是想問你
為何要離開我

幾個人買單離開，或進來
你依舊坐在角落窗邊

我望過去看光線，縫起你的
影子，還能看見你口裡花開
花落嗎　我可以當濕潤的馬芬嗎
是嗎　你已經成為牆上的畫作
用畫框分隔我們的世界　再也不能
依著從前的脈絡愛你了是嗎

你站起來向我走來，問我：
「謝謝，請問一共多少錢？」
「一共三季陽光和整夜雨水。」
剛好不用找零，你一直是個貼心的人
給你的那些你都還給我了
你向後旋轉，推開帶霧的玻璃門
離開，身影漸遠
漸迷濛

我也推開我帶霧的雙眼
從夢一般的咖啡廳醒來

〈小丑〉陳皓臻

夜晚是被拉開的帷幕
馬戲團要登場了
如果沒有眼淚
就自己畫上淚珠
如果沒有笑臉
就塗上相同的微笑
願能成為最快樂的
憂鬱症患者

音樂吸引了觀眾
來吧。來吧。都來看
來看用雜耍回應嘲弄
用空中芭蕾跳著
矛盾交際與交錯談話
他們的笑從來不是
真的大笑
人影是一條條軌跡
他們成為了烏鴉

哎呀，雙眼被扯掉了
自己縫上的鈕扣眼
看得更清楚，沒關係

時間接近閉幕了
晚安，親愛的過客
留下銅板或冥紙
都接受。因為是
擁有淚珠的快樂小丑

〈今天的願望是成為孩童〉曹馭博

今天會是一個快樂的星期六
推窗、撢塵，擰起所有
黑色的黏液
我等待著
長長的下午
去幻想一百個朋友的姓名

今天會是遊樂場的
唯一寧靜，壞孩子
所擁有的哭聲
會在寂靜之後死滅
那時我就會了解
捉迷藏在散開之後
會有好幾個夜晚
讓我們許願

如果今天的願望
就是成為孩童，在一個

更小更小的世界裡
為所有石頭、樹木取名
只要不留下
任何足跡，也許
我就能做一個快樂的人

〈在很深很深的海底〉許庭澂

凌晨兩點二十八分
七分鐘前發的動態
很久很久以前
那張紀念留影
我沒有在場的
飲料盤子以及歡笑
嘿女孩
你還好嗎
曾經三百六十五天的身分
不該去罪責死寂中
笑出聲的秒針

再回到一千八百二十五天前
渴求的毒癮者拿著刀抵著我的八字
無論白天或是獨行
名字早已不是自己
卻持續流傳的童話
總學不會扯謊

終究泡沫

其實我們都一樣
早已忘記彼此的顏面
為了折騰而歡愉
為了背離而相容
為了死而生

是不是當記憶慵懶
我們只能在恍惚之中相遇
然後再相別

〈在津〉 lalilu

伸出無知覺的繩索
忍不住錨定在魚尾
忍心錨定在魚尾

和牠成為兩個
就不只是一個
可以替對方服藥
可以偷看另一種命運

但牠也不停看岸，牠
看不到岸，為什麼又看呢
太陽黑了，我依然
專心要岸陷落

而牠正命令海陷落
甚至預備了自己像蠟燭向下沉迷
這或許可以比較我的不足
如此虧空

仍然不能升起

此時的上游，蜻蜓在反射
鱗抖落去年收攏的鱗粉
橋下的水流
正在冷頓

〈告白〉陳品婕

你願意和我一起養貓嗎？
經常在巷口出現的那隻
有著虎斑花紋的流浪貓
一起前往山下那間寵物店
採買飼料、籠子和貓砂
看牠用藍色眼睛看你的模樣

你願意和我一起養貓嗎？
在星期六的午後你坐上機車後座
我把貓籠放在腳踏板上
到學校後面的那座公園
坐在草皮上看小孩子放風箏
吃著同一支冰淇淋
帶著牠，享受暖洋洋的風
吹過你的側臉
看你笑起來像雲一樣綿的容顏
你願意和我一起養貓嗎？

和我一起當貓的爸爸媽媽吧
你說你對貓毛過敏，不適合養寵物
但你願意當媽媽
我們小孩子的媽媽

〈我是一陣不想說話的風〉許雅筑

我是一陣不想說話的風
或許連枝枒都不曾注意過
我的存在，儘管
樹葉在吹口哨時
我輕輕走過

當一首窗在歌唱
我捎來一譜樂章
對於我的來到，無人回應
窸窣殘語落在窗頭
我的影子自窗縫溜走

容器盛水卻不能盛風
正如他恣意隨波逐流
我只能在狂沙中漂泊
這個世界如此固執
有些規則安靜地太過猖狂

經營不易的默契
我無以消化，或許說明
我不願成為世界
世界不願成為我
我是一陣不想說話的風

〈我們的路──致敘利亞〉Niemand

曾經，是大馬士革天空下無盡的藍，
如今煙硝瀰漫阻絕了我們關於故土的夢境。

我們如被頑童搗毀巢穴的蜂一般，不斷出走，
向世界表達著我們最巨大的無聲抗議。
拋下養育我們的幼發拉底河，
我們前進，抵達那個熟悉又陌生的地中海
囚泳在絕望和未知間，載運我們的是地平線間阿拉的救贖

羅馬文明的繼承者們，仍然生活在歐羅巴的土地之上。
曾經，一次次在大馬士革留下的傷痕。
至今他們無情的嘲笑、冷漠著我淚中的故土
但歐羅巴啊，是我們生存的最後希望啊
於是，我們出發，用盡所有一切的價值。

於是，我們將藍天打包在記憶內，一路向北逃亡。
先用血淚吻別了大馬士革，
閃過故土的槍林彈雨，

逃過海上的溺斃恐懼。
爬上了希望歐羅巴的彼岸，
越過一個又一個的邊界，
躲過一腳又一腳的攻擊，
略過一次又一次的目光。

我能理解啊基督的子民，你因不同而生的恐慌。
即使是阿拉的子民，我們仍然互相的攻訐。
我美麗的大馬士革至今仍遭到戰火的凌辱。
阿拉不再回應這個墮落的城市，
戰士們躺在血泊中喘息著迎接死亡，
真主允諾的天堂似乎是海市蜃樓的幻境。
於是，我們逃，別無選擇。

〈把月亮忘在動物園屋頂〉鄭安淳

解構冷漠雨林，建造
頹圮花園在大馬路旁

動物個個背著月亮跳舞
強悍溫柔地革命高樓、種種偽善
路上沒有血跡，只有
松鼠、山羊、豬及其他
反覆誦念你我的靈魂
不是經文，是首高地放牧曲

一次次吟遊充滿信仰
畫押掌紋，獻祭。
破舊殿堂的筋骨堅強重生
寫下不能忘卻的浪漫
重擊土地，再度開自己的花

動物離去
把月亮忘在動物園屋頂

路旁雜草粗暴對待來時路

我們在這裏忘記
一些夜色茫茫才懂的虛幻
邁開步伐走向前方
在沈默中實踐、相愛
牠們歸來，成為
對方灰色的一次性大雨

再次背起月亮
踏出玫瑰，
柏油從此華麗。記得：
「今生永遠在路上。」

*動物園：指淡水動物園。1970年代，在台灣民歌運動者李雙澤的帶動下，戲稱住在這裡的學生們都是動物，因此為名；也因李雙澤的關係，曾有許多熱愛文藝與音樂的人們在此聚會，現已荒廢多年。（摘自淡水維基館）

〈每個夜裡我都像夢一樣死去〉雨煙

每個夜裡我都像夢一樣死去
讓所有痛苦化成一次安眠
讓所有離去重逢，直到一切縮成一刻黎明
光影之間醉意漸次濃厚，每次蘇醒
都像初生之時懵懂
每個夜裡我都像夢一樣死去，每個早晨
也像復活一樣醒來
但醒來並沒有用
任何清醒時分，讓人摸不著邊際
生活在漆黑無光之中
像旅人迷失方向，失去羅盤漂流
把遺體佈置在床上，每個夜裡
我都像夢一樣死去
但並非真正死去，只有在夢中
才感覺自己正存活著

〈夜景〉蘇以亭

（一）
或許為你讀一首詩
或許也不
你靜默不語的時候
星星沿指尖搭起違建

車陣圈抱起唇邊揉碎的日子
髮尾與指節一路滑行
直到抵達最柔軟靜謐之處
在那裡我們擷取彼此的眼睛讀
一本關於風景照、帳單和紙船的書

（二）

（三）
宵夜的餐桌上
一切跑得太快把日子都給噎著了而你
渾然不知

（四）
潮濕的倦意晾在深夜的鼻息上

（五）
天亮以前　你願不願意和我交換秘密
關於那些太過華麗的小事

〈恆溫〉李冠緯

帶著體溫
沿著世界的邊緣旅行
就能看到在夕陽的盡頭
你與時間 交錯成掌心
牽起彼此的近況

遠方有人正觸摸著光
用強力的感情
包覆內在的空乏
如果你說
「逝去的都不再會被拭去。」
那我寧願作為枝芽
圍繞你的私密與真實
在我體內加溫
並永遠懷念你樸實的樣子
笑得多麼像一片草原

〈甚至獨自生活〉曹馭博

我們的笑聲
遺漏半拍，畢竟
晾在牆上的人
過於災難

輻射的青春更加延伸
房間內的我們被人隔離
以善意窺視，人形、玩偶
與醜娃娃。有些生活
在房間內被實現了
在記憶中藏匿、發散
以及變形的往日
絕對是冷的，自棄於
房間角落的畸零地

終究是鈍了，不想出門
以呼吸調整被褥
討厭夢被收束，討厭

眼底有光在騷動
反正這世界
從未擁有構圖線
我們的語言由碎形組成
無法辨識

誰也不知道墜地
為什麼比跳躍重要
為什麼牆壁上的孔洞
通往不了世界，好日子
從我們的右肩洩漏
痕跡到處開花
誰也不知道，我們只是
疼痛。只是疼痛而已

〈看不見的季節是誰的影子〉褚岳霖

如果要形容春天的樣子
那我會放一盞朝陽在天空中
你太小了，需要點光
日子不短不長
你可以準時回家，好好睡覺
有時下點雨
敲敲你還沒長大的腦袋
問問你，那些你不用想的問題：
「如果有天，我們分開了。」
你會想起春天是會下雨的季節嗎？
或是用把傘，把你罩起
這個問題留到下個季節
天色晚了
你得早早去睡覺

夏天，得讓天晚點暗才行
你開始不回家了
如果天黑，我會怕你受傷

有些你春時埋的種子已經開花了
一朵朵漫在你看得見的田園裡
眼神裡不用有我
就聽得出來你很開心
颱風偶爾會來
毀你親愛的花叢
我會讓天空再次下雨
這世界不會有人知道你在哭泣

秋天不知從什麼時候開始
你漸漸會回家了
那些夏時是花的已經結成了果
你坐在院子裡
漫不經心地為我削皮
天色又回到春天裡
把日夜拆分為二
一半的時間，你留給田園
一半的時間，你會在家裡

天寒氣躁時，我們的冬天來了
那些你種下的，都已經化為土壤

還留著幾顆秋時摘好的果實
你把它細心地擺在盆子中
他們都有了名字
春時你會再拿回田裡
期待夏時，會再開出花來
你說你已經不喜歡出門了
天氣太冷，而我的夜晚太冗長
有時天空會飄著雪
我希望它是白色的
這樣至少在你眼裡，它會是很溫暖的

春天會再度來的
像是你記憶裡的那個模樣
我們的冬天以後
你要好好生活

〈海岸是妳唯一的告別〉李冠緯

沿著海岸線去找妳
年輕時的嫁紗
是否還停留在婚禮上
接受親吻　而且被愛
前來祝福的靈魂
如今都老了甚至
回禮了他們的告別

石岸是一條綿延的路
妳選擇接受
從夢想走向預言
「妳快樂嗎？」多年後我問妳
我知道妳是笑而不答的
每日切菜、煮湯、等待
將那些遠去的日子
煮成沸騰的煙服下
填充自己
從此不在生活中凝視

二十年的海岸線
在穿過人群後
又在誰的面前空虛

〈晚禱〉李冠緯

那多少年以後
才會有人從夕陽的另一頭回來
捧著純白綢緞
用異邦的言語行走或
環繞彼此的肋骨
雙手合十
為巨大的自己默禱
追求幸福的權利與罰則
不宜背叛並且
忌諱被大聲朗讀

遠方的鐘聲早已歇息
你仍安份地跪下
落日會帶回想念的依據
將你完整地向麥田
謙卑成一束黃昏

〈異邦〉林佑霖
——記《革命前夕的摩托車之旅》

該如何去懷念
一個你不知道的世界
從文字與聲調，以及歷史的
淵源，還是牆面淺淺
一橫橫風的雨的槍彈的痕跡
路就到這裡，沒有任何人
知道路的去向

前方光影明滅不定
路在霧中，風沙輕輕撩上
探入口腔鼻息之中
選擇聲帶棲息
繁衍相似相非的語
音以及唇的動作
失語的人能抵達何處
路的盡頭，被安排妥當的結局
夢的甦醒以及我們最後的
命運，就快要

就快要抵達
何方

身處在異邦的路上
如此熟悉，泥濘之中
燃燒的靈魂，漆黑炭火以及
沾染以病本身作為一種病之病
騷動混亂的萬里夜中
你看見了一條
路以外的路

用眼睛交換眼睛
用鮮血交換鮮血
你想像中的異邦
有了一條真實的路

〈虛構故事〉林佑霖

我們在黑暗中前行
前行至虛構的夢
和更多虛構的黑暗

前方充滿危險
黑夜的龍吞吐黑夜的火
火虛構燃燒
燃燒虛構
使虛構成虛構的虛構

危險在前方吞吐
前行是虛構的火
虛構的龍吞吐虛構的火
前方充滿危險
我們在火中黑暗

〈距離十四行〉陳皓臻

你是我心底輪廓最深沉的風景
你是天邊最明亮的恆星，我說
不要在這裡天亮，千萬不要轉向
地球的另一端，結束了就無法完成十四行
永遠只能是星子，我所見的
永遠是你過去的樣子。你
澄亮而遙遠的雙眼，運用幻象、想像
清晰的意象，感受連思緒也追不上的黑影
以為能觸及彼此的雙手，下一秒又距千里
我是否太膚淺？是否奔跑就能
踩住你的影子？下輩子要是
成為藤蔓，就不會放棄抵達天際的那天
能有不一樣的結局嗎？距離不只有十四行
最後一行，要是想丈量距離，請跳回第一句。

〈夢一如既往誠實，我一如既往局外〉邱伊辰

也不曾怪罪過誰
把日常打翻了整張桌子
不曾怪罪
每個人都有每個人的燭火
不曾手指著旅居的星球
質問為何要遺棄整片夢的森林
不曾怪罪過
命運把我帶到你們跟前

〈夢遊〉陳品婕

你以陽光餵養藍圖
尋一場未知的旅行
途中抉擇無數岔路
指南針失真，地圖泛黃不清
我迷失了方位
藍天逐漸成為漆黑夜空

天空下起微微細雨
迷霧與泥濘阻擋路途
我們在夜裡迷失
畏縮是最大的敵人

你說要一起勇敢走過
擦乾我肩上的雨滴
點起蠟燭，用微量的火光
摸索夜空中星斗的路軌
關上所有雜訊
將黑夜收進口袋深處

重新收拾行囊
繼續成為夢遊的旅人

〈影子〉邱伊辰

在你看不見的地方
影子滴成河流

對不起，不是那種溫暖像陽的人
已經沒有多餘的力氣替你
撐傘替你
風一樣地吹走淚水

作為一名影子我只能
學習在你身上沉默
學習如何不弄濕你的衣裳

在你看不見的地方
學習變得更淡然後微笑

在你背上
學習成為最輕薄的所有

〈熱帶冰山〉鄭安淳

熱帶冰山，漂流
漸藍海域，背離洋流及海龜
划向低緯有風的島

逆時針氣旋，無形
變換有形，成了一部分的你
味道是北方陽光剛走過麥浪
樣子是西伯利亞高原瞬間擁有整個夏天
你說是的
是風，吹得好近又好遠
為了確保在回家路上，我帶著你
流浪到任何沒有你的地方

迷航至馬緯度召喚多年亡魂
想起草原、牧人及巫醫預言的一場大雨
沿途用冰涼換取距離
虔心地修煉迷幻式位移

每個夢境來歷明確
跨越時區至熱帶，遇上幾次低氣壓
慢性病持續發作
消融自己
完成彼此的夏季

寫於 2015/7/18

〈趨光性〉簡妙如

我們都是內心空洞的獸
只能近乎本能地

趨近火
停留在明亮之處
渴望著與自己無關的炙熱情感
和有關溫暖的一切

將霓虹燈纏繞在脖頸之上
在高牆邊垂掛意義不明的廣告看板
鋪排電線網路幾乎比一座熱帶雨林更複雜
把一顆長得像星子的燈泡嚥下
餵養滿溢孤獨的軀體
忽略尖銳的空腹感
在每個夜晚
和其他人一同假裝安穩的入睡

〈少婦〉曾貴麟
——參訪福州城市規劃館有感

她像個樸素的女人
她喝茉莉綠茶，也喝咖啡、手搖飲料
修剪巨型榕樹放入盆栽滋養
在阻塞的市郊區騎電動車
黃昏時，選最好的位置坐看海峽

她進美容院跟隨時下流行
熟練的造型師以時代為裁刀
剪貼巨型大廈，拼接在古樓周圍
素顏的鼓山區抹上現代洋派的染料
畫個假山造景，畫復古眉眼

氣候熱辣，預防脫妝
三坊七巷成排的舊巷裝設空調
使炎熱的古代吹點冷氣
好比善待分娩的婦人
歷經改革的漫長產期
靜待電車逐漸在體內完工

懷著像脹氣的孕，用全身
孕育一個文明

〈文學獎評審的一日〉洪崇德

門縫間的陽光越收越小
你西裝筆挺，走進教室一身人造光
這人是——我暗暗假定，
一個文學獎評審吧你？
面對的可能是三大報、地方
或全國學生（公正如你，審美標準一致）
高級的一日打工，無經驗不可
具專業素養與人脈，唉呀高高在上
俯仰皆是氣度，這樣的人
會怎生看待我的詩？我猜猜
首先該談談意象吧，這是最安全的了
抵達前就先把詩稿看過
兩次三次了。有些地方不懂，擔心講錯
但當面總要給些交代，沒關係
可以的話用文明來說服我，從理論
轉嫁脈絡上談是很保險，語焉不詳
學院派擅說幾句人生哲理，這樣不夠
不如穿插一點音樂性，關於節奏的想像

置入前人的系譜何其輕易，接下來
談談文學的內涵和社會價……等等等等
時間快到了老師，不如……
好的我們看下一首，下一首再下一首
看完就可以試著給分。那時
面對這首真假難分，大好大壞的作品
你願意不恥下問，還是為我悍然發聲
毫不在意我的履歷和性向？
好吧假如上面都是假問題
假如把文學秤斤秤兩這樣可笑
假如在有限的字行數和截稿日前
我已無能寫出更好的詩

〈我要問你公理與正義的問題〉洪崇德
——324 行政院血腥鎮暴有感

我要問你公理與正義的問題
寫在一張蒼白的紙條上頭
簽署系級、學號和真實姓名，
從教室尾端遞經靜坐的學生群
（黑筆帶出紅色的字跡：打擾了
瞌睡、私談以及跨性別，寒流還未過去
密閉的空間內氣壓漸低
一盞未修理的燈明滅不定……）
教授憲法與人權的老教授放下麥克風
和點名簿，數算空乏的座位
滯留學院的人群
下課將轉向別的航站

我要問你公理與正義的問題
若非揭露那就從自我揭露起：學生就讀中文系……
一個不夠規矩的書生，搖擺於文青
與憤青（得過幾個文學獎，直同志
曾參與大埔農民抗議，追隨良知

而非政治正確）這聽來，何其荒謬——
一個文不對題的學生，不務正業、
未知藍綠，專業在中文（或不夠專業）
心懷社會運動，畢業後不考公務員
有沒有22K？「沒有競爭力。」我也想知道
寫不寫作我的同學都一樣愛國，一樣適用
這句話是議論我或者國家？教授
我想問：是否公民的參與只在投票時有所制裁
一個人既是學生就不需理會公民的責任？

請容我問及一個問題，這關乎
公理與正義：「如何將所學奉獻於社會？」
四年修過的學分從律法到國際視野（熟讀三民主義
分得清ECFA和FTA）經濟學和行政程序談不上專業
對服貿的利弊仍有遲疑（本會期通過否則黨紀處分——）
教授，我想問：外交協議能否先做再評估
我們的公民課程能不能課外實習？
當聲稱不看懶人包的同學拿新聞取代條文
當「你在反什麼」成為口號，教授
我不懂，怎樣的水平才足以參與社會
且不讓知識的有無成為體制下

新的階級和暴力？

親愛的教授，噤聲的自保
法則流淌你同輩人的血液。我仍要問
公理與正義的問題，請帶我從人權課程回歸
歷史：一個書生的筆會不會成為美麗島？
警備總部抓不抓課堂上一張小紙條？像我的父母
你們從不談這些就像三十年前
站在思想警察的目光下，一個比一個純潔，不受汙染、
不談政治，是否讓我們的社會學模型變得完整？
為何此刻我們的血液代替靜坐的人
躺在行政院的廣場上凝結、發黑，
還要沉默的受水柱刷去？

教授，請容我問公理與正義的問題：
假如那晚你在行政院，假如你學無所成
那樣無知、軟弱地面對一個時代
的法律、經濟和國家定位。兩院的分別
其實並不太懂，孤獨和冷漠環伺在側（武裝的部隊和拒馬
拍拍肩膀一句謝謝指教。）
假如渺小的此刻你放棄提問

假如在保安大隊的盾牆裡你發盡所有的聲音——
卻不能占領一個鏡頭

〈書店〉曾貴麟

——致我素未謀面的讀者

致我素未謀面的讀者
你隻身前來，涉險穿越言語仿擬的暗林、
誤讀的溼地、意象的裸馬引領你
走進烏居

你因懷藏某段密戀
遲遲不願鬆手，像守夜的巫祝
在擺放讀物的室內臨時舉辦儀式
第二段落的第五行句年輕女主角終於登場
她身輕如行板，步伐有韻

為與她相會，留下你的神思與字
帶走她的披肩或唇語裡的
口白，你扮演起她的
儀態與聲腔，有點純情的你
只好看著她的牙齒

讓她繼續逐一念出咒語與

結局，被愛或不愛呈現鋸齒狀
有時誤傷有時摩擦相減

雖然那是我的命運但也是你的
我與你隔著走道，相互被攤平、翻閱
逐字宣讀，被剛經過書店的神

〈無狀態〉洪崇德

——寫給高雄

今天不僅僅讓今天駐足
雖然昨天是什麼模樣不記得了
一小半城市亮出了血管
其中乾涸的又是什麼呢說不清楚
面對這所有還說些什麼呢
我不明白

展示或觸碰都是疼痛吧
夜裡匆匆把燈關小
誰真正倖免於島嶼的皮膚病
像突然的時差它霧遮了眼
像徒勞的鋒面它節節敗退
夢越做越短
手裡的手鬆了就找下一隻手

我是睡不著了
這天災或人禍誰管如何報導
夜晚漫長若讓他過去多好

沒有好消息
若等等就來該多好

但燭火會熄
黑夜有時不會結束
這無關晴雨
只看你是否有愛

〈對應之物〉曾貴麟

終日我們在各式各樣的巷口中找尋
自己的原貌與來歷
此時給予一個恰當的話題
才有足夠的時間支撐時間

當時街上正熱切的討論傾斜
關於失調、違和
種種道德的難題，這個時代
百廢待舉，所有的言語逐漸生產
供應一個前提為了
犯錯的可能

親密接觸無損傷痕的時代
眾人梳理著色彩與室溫
像在荒廢的原野裡
辦理巡迴座談會
准許誤讀
但負責任的解釋諧音

這做城市仍在佯睡
被醒來的人分寫
下一個擔憂的議題抵達前
我們的時代
便還未離開

〈艷火之後〉鄭安淳

——致鏗鏘玫瑰與渴望重生的我們，在路上

艷火之後
都將趕盡殺絕
離開太過安逸的族裔
前往下一個山頭
煙硝也在途中

群獸集體長眠
回到母體成為馴服的嬰孩
忘記祖靈流著鮮血
忘記狩獵
忘記秋天之後是冬天
你們在溫熱的羊水裡四季如春
畢竟過了一百多年
畢竟戰爭離得太遠

我要離開
成為巫者的最後一道預言
長嚎刺穿無言的天空，原諒我

獨眼也獨行，原諒我
走得緩慢深刻
只為了確信每一步都有過去與未來

腳掌壓過枯枝、腐朽中途的
落葉，焦慮地響著安魂曲
艷火之後
燃燒自己喚醒酣睡的土地
再造艷火
群獸也將甦醒
請忘記與我相關的憂歡
我在這裏站立、吶喊，靠著負傷過活

〈鐘點情人〉朱世凱

你好
我想預約
兩個小時快樂的你

不好意思
目前只剩
難掩氣憤的
若不想等，
唉聲嘆氣的
也可供買家下單

另外
如果不擔心
喜怒無常的會突然翻臉
亦可預訂

那
真心快樂的

要等待多久？
我願意用我所有

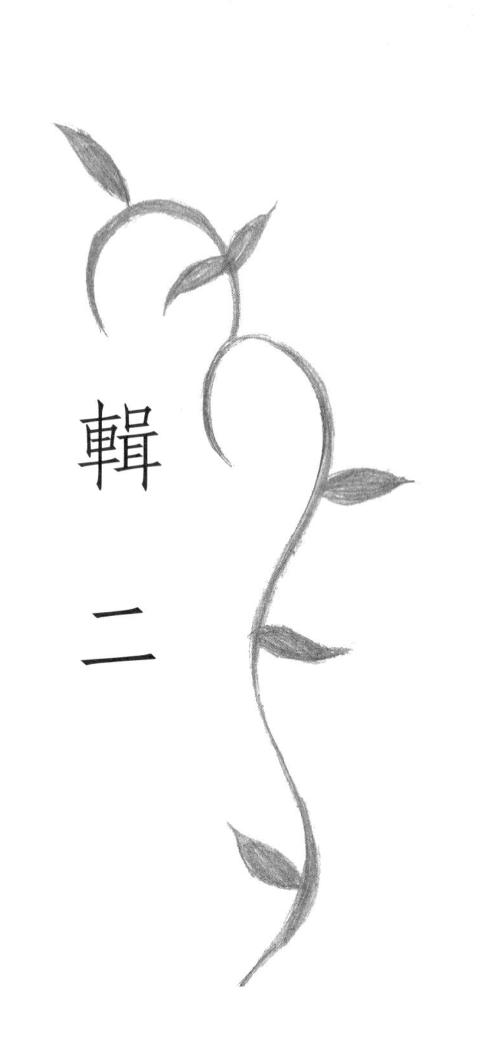

輯二

〈她們都是很傻的女孩〉洪崇德
——給為情所困的姊妹們

她們都是善良的女生
只是遇到不太好的人
想出門購物
要等待別人有空
願意為五十元的價差面紅耳赤
也心甘情願把自己賣給詐騙集團

看似強壯
其實她們都是很嬌嫩的花
需要時時注意溫度
她們的水分流失很快
卻喜歡曬太陽
酒量並不是很好
喝醉的時候
會唱起迷糊的歌

她們射箭
沒有邱比特那樣好

偶爾像玫瑰一般長出刺來
偽裝成仙人掌
只為了保護自己

她們都是很傻的女生
今天很傻
以後一樣傻
她們在陽光下日夜歌唱
成為冬日裡唯一溫暖的河流

〈關於一封信的可能〉廖紫如

有沒有一種可能
我可以被淹沒
抱著詩抄和字畫一起沉沒
在冬天的河裡
原來比石頭還重
有沒有一種可能
我窩在沙發瞇著眼
你好像從畫裡走遠了
茫茫的雪國
火爐還溫著茶
你沒說話，想喝些
還溫著的茶
有沒有一種可能
你又走了回來
寫一封信，但署名
卻是在我來之前
就填好了的
日期。所以是不是

有一種可能
我們書寫了整整
一晚上的空白

〈中山國小〉曾貴麟

對於偏執的亡命之徒
這座城市顯得太過迷你

L，讓我用羅曼史複習入夜時刻
停駛的捷運與早眠的東區
如赴一場舞會
我們總是早現實一步抵達

繼承微型邪念
而那甜美的模樣像街燈
夜的島嶼裡偷偷接吻甚至
祕密結社與草創節日
環城道路是粉色操場是草莓甜甜圈
乘坐摩天輪擺設星像
積雨的雲層，我們考慮養殖水草與熱帶魚

在孩提末期完場最大的捉迷藏
用隱身還原、回到——

「親愛的L，
其實，你本來也是我的名字……」

〈為了我們早已傾頹的文明〉林鈞澤

為了我們早已傾頹的文明
我們將再次回顧於南方的旅途
星際未曾指引我遙遠的迷航
童話裡遺落的星盤不斷推行
遺跡。所有毀壞的石柱或者
典籍，都記載了關於
一個風笛手在沙裡吹奏的花季

為了我們早已傾頹的文明
夜晚我們論及邊疆與夢境
記憶裡潮汐再度迴流
海將滿溢，
如一隻眼睛。
我是如此的憂慮
當史書定論了我的衰老
此刻已不容我們辯駁：
「關於黑夜……」
「但那已是最接近死亡的原貌。」

（當天空傾斜
往日的夢囈是否將要竄逃於窗外的鬧市？
密室裡　有光，
打在你的臉上）

所有我曾信仰的神祇
祂們的言語裡將失去我的蹤跡……

然而為了那些早已傾頹的什麼，
旅行仍將行進。你知道：
當遠方的文明壞滅如
一場電影的落幕
是不是我們都將因流散
而遁逃？藉由光遊走——
那些轉瞬即逝的
我們將它歸納於更遠的南方

〈水系之間〉洪崇德

——給我的故鄉嘉義

夜色深似水，泠泠
流轉為一條曾經的河
而水一方，是我不曾行過
未經確認的位置
星座正轉動如漩渦
穿過時空最晦暗處
迴游到蘭潭，我正悄聲
涉入美感的誤區

像一隻外來蜻蜓點皺水面
行經生命的轉角，倉促回頭
星星伴月亮，我努力指認故鄉
猶如打撈古老的方言體系，久久
不能與記憶談和，街道同街坊，
哀感與喜樂，已牢牢交握
成一把沉默的手勢

「文化路接中山路……」

街名織列成序，四顧皆荒唐的我
深似夢裡人，停留在不知何處的街角
口裡誦念未亡的星圖
如謎語。世界正在平靜下來，水系中央
魚群持續追索一個信號，有人說
我也這樣猜測：找到噴水的座標
就能替換生命的斜率

把自己投入水中，我明白
最完好的日光仍不太遠
一份完整的回憶如今竟似偽造
城市緩慢踏過我的備極，水草纏繞著
故人與故事，亡靈一般
排隊遊過雜感的墟隙
再不願與我交談

〈在一場電影裡走失〉 廖紫如

是的
我想我們離死亡還很遙遠。

街道上兜售口香糖的老婦
手指斑駁地拍著每個
路過的肩膀，檢討失敗的感情：
「二十元，最後一條了。」

售票口貼著：
（粉紅色曖昧包廂；單人票
沒有優惠。團體票
相當安全）劇情卻顯然太無聊
電影院裡有沒有
那麼細微的謊言
那麼漆黑
而我們，只能用手機的螢光看見彼此？

親愛的

請握緊我的手
我想是，離死亡還太遙遠
我們低頭
擦拭一抹贓物　，相較於全新 adidas 球鞋
顯得過於突兀

我們困厄
在擁擠的座位
彷彿躲進沒有標明路線的公車
偶爾迷航
而且偶然觸動最敏感的開關
或者偶然睡著

事實上這天午後
下起一陣大雨
沾黏了今日還未進行的
下個路口。索性地
捏緊每個斑馬線對面的號誌
壓低帽子背著人群走過每個站牌
自漆黑逃往光明

〈暗房〉呂韋杭

離別是一卷膠著的底片
命運總私自為它
淋下傾盆大雨
緩緩沖洗
一格又一格的無語

而思念
或許該默然於暗房
傷痛適合收藏
不宜曝光

〈失語症〉 蘇以亭

也曾這樣。遠方的喧囂過量
斑駁的言語和著泥跛行
迷路至此儼然成為一種威風的標誌
假想的心房數算著
毛髮、碎屑和漆黑的生活
超載的讚賞和追蹤像幼稚的母親
緊握不放　還揚著慶典的笑容
預設的嘴角盡責地虛應故事
不曾試圖解釋　儀表得宜的伴手禮和
細小的問句
每晚交換幾碟腳步聲，胡亂餵養螢幕的聲帶
上了鎖於是失控地錄製心音
集會成為一種信仰
丟棄睡眠　跳舞整夜小丑摺疊成小塊收進
口袋
當逃離像殼背負在身上，我們就
漸次遺忘　獨自擺盪

〈倘若陽光如玫瑰一般有刺〉楊沛容

為什麼謊言被時間磨成真實
為什麼凡美麗的總帶刺
比蔚藍透明
你的淚流成海洋

我用白雪包紮你心上的紅
倘若陽光如玫瑰一般有刺
將季節換了個名字
那也不能說是
陽光的錯
你知道
光芒終將融化你
胸口冰冷
即使傷口持續滾燙
燒灼
倘若陽光如玫瑰一般有刺
它依舊看顧你
於未知已知的夢境之上

驅逐陰暗裂縫
並且將春日紅花一朵朵縫上
幻想的鬢角

你知道
凡是所謂美麗都會逝去
唯有陽光帶來的疼
也成宇宙

〈節日——為那些特例所命名〉曾貴麟

總會穿越這片喧嘩、謠言與惡質的目光。
像逆行於風與獸群
別怕身為例外，我們的生活其實是勇敢的慶典

樂器與森林的主人我給予祝福
祝福愛情中的男女，亦祝福同性的戀者
將愛與孤獨同視為習慣的給予祝福
曾被世界阻止的人呀給予祝福
不曾讚美的人呀我給仍予祝福

擁有宇宙與被儀式擁有的人都給予祝福
祝福墜落與馬術，祝福少數與全部

〈日記〉曾貴麟

最薄的日子回到正被繕寫的現場
分隔線疏通時間，將歲月緩緩攤平
書寫時的氣候裡正行光合作用
你有權保持沉默，但所有傾訴與洩漏
都將成為證詞，真相在字語與記憶相辯

紙頁裡擬真的風景，彷若寧靜昨日
盤點日月星辰，視線直指向光
先有耳朵，然後音樂自遠方而來
觸覺緊跟情慾，隨後擁有最深情的
肉身，似百葉窗讓萬物通過自己
抵達河岸，水草與季風是年輕的典故
給予最親密的暱稱，初創信史
像幼童時識字學會命名

孩子們徘徊在各自的草坪
各式心事被他們紛紛領去
形而上的抽屜裡收齊秘密與細節

摘錄自敘述時的霎那（我與小孩在自己任期內
豢養時光，直到誘餌飼育出求知的飢餓）
直到召喚你前來，暖開嗓再次唸讀詩作

回到舊地，像那天一樣在河堤度日
任何安排都是象徵主義
有人寫生，有人戀愛，有人因長年日曬憂傷了起來
愛過的人留下暗示的短句，吻與手勢是喻依
後人緊跟光影翻找隱喻
更多的故事尚未被書寫……

整個午後按圖索驥，獵尋文本的遺址
穿越文法的隊伍、口音、所指、
指涉之物與忽然的大霧（潮濕的內部：初生、夢、愛與
病、衰老、以及甦醒）
足跡沿著流水來向，草本的遞進
重返當時，持續經歷、新譯的當時

〈他們走失眼睛走失了音階〉吳貞慧

練習以殘缺的幾條狗
將身子彎曲成風的姿態
躲在愛情的詭計裡

太多人習慣扮演
跟自己不同的角色
盡可能地將毛色漆成彩色
並捉住音樂奔跑
以為那就是神祕的匕首
以為他們可以
刺進星星柔軟的腹部
以為如此許願
便能抵達
絕不蒼老的神聖名字

戀人的愛卻是無所謂地
與敵人的身體縫合
變成虛幻的河流

抑或是在甕中密封的雙頭蛇
而又是哪一種諸神混亂
養成他們錯誤的季節
破碎的星雲

他們尋遍彼此身上所有的語詞
確立標題
企圖用透明的器官演奏
偶然發生的旋律
並且製造蜂蜜
接近邪惡
共同而不悔地困在牢裡

但始終在走音
魚在走音
晚風在走音
直線前進的光在走音
還有眼睛呢
他們身上最後的一隻眼睛也在走音

〈其實你也喜歡聲韻學〉 鄭安淳

其實你也喜歡聲韻學
不要確切地懷疑
在海洋裡掙扎
美麗試圖延長的塞擦音

或許你也喜歡聲韻學
音調從不是問題
反覆輕柔地模擬夢中囈語
習練那些反切過的曾經

曾經你也喜歡聲韻學
小舌音藏著你露骨的秘密
震動時，也看見自己

如果你也喜歡聲韻學
無限切割自己，探查肌理
證明韻圖紊亂有序
以自己

其實你也喜歡聲韻學
眼神流洩出如此政治不正確的語句
你的背影曖昧遠行
如我類隔行跡。關於你。

註：1.塞擦音：發音時口腔某一點完全封閉，然後突然放開一個隙縫，使氣流前半衝出，後半從隙縫擠出，這樣的音稱為塞擦音。
2.反切：反切，將二字合為一字之音，即等同於目前國語的拼音方法。
3.類隔：切語上字與被切之字古音本相同，但後世演變成不同的聲類，因而造成切語不合的現象，稱為類隔。

〈最甜美的時代已經過去了〉吳貞慧

諾言只是巨大的失序
以及混亂
不是更多的愛情
更多的
它通向的
不過是煉獄
無光
而語言滅絕

火焰長在手腳
長在肢體
長在腦袋
持續不停地燃燒
持續累積錯誤
而心臟裡的風景
成了灰燼
沒有人抵達過
他們都已經離開了

都離開了
而誰正綻放
而誰又在沉眠
含苞的罌粟
斜斜地進入夢境
理性其實是另一種幻覺
在戀人的吻裡
那是罪惡的
有誰的眼淚
因為他們而枯萎
有誰的笑容
因為他們而乾燥了

世界靜止在
他們都死過了的那一刻

〈遊唱民族〉曹馭博

我們是一群遊唱民族
常常被壓以
一個夜晚的重量
若在深夜回頭
我們也只能想念
島的名字

倘若我要為你朗誦
一首屬於夏天、海洋
及南方的詩
灼野的沙灘上
陽光會因此繁殖
今日也得重新來過

我們患有一種失鄉症
在曠野裡頭
交換陳年的衣襟
我們是一群遊唱民族

只願微笑的雨水
能為我們洗塵

〈線，在折行與滑行〉Lalilu

明天我們再見吧
你依然穿著剪裁合身的折線
只有我知道它們已經老了
與你擦身的人他們
碰不到你的臉

只有你會穿過黑暗的樹籬
不值得一提的人
只有你在密織的黑暗裡
不曾死亡
與你擦身時
我們交換大臂外側的花
在交換了花之後
或許是漫長的鳬水
或許是危險

在山上我經歷了什麼呢
在你的世界的贗品裡

見到了多少仿造的水呢
一件又一件絲質外套
滑過交換過花的痕跡
一次又一次我希望痕跡
能把一切阻止

〈Midori〉李冠緯

在空曠與沈默之間
你選擇薄荷與野薑花
還未長出犄角
便離開的那個清晨
鹿群又重回你的懷抱
假設午餐是生菜
那就別演奏爵士樂
母馬的尾巴
緩慢地在天空移動
「遠方的樹林，
仍兀自發散著光，
該如何預測你的季節。」
森林在哪裡？
（你已經走這麼遠了）
南非、奈良或亞維農
而鹿角還停在尷尬的年紀
一起隨著林木
長出淺淺的枝枒

〈不理想情人〉鄭安淳

張震的外貌
謝哲青的內涵
馬世芳的音樂品味
身高從來是寬鬆的條件
只要比我高你知道
我也不算矮

光譜細膩像詩
如同孫梓評行走城市
深夜月亮正墜落
請如同任明信陪伴
一滴眼淚的時間

遊行隊伍過於嘈雜
不易辨認你正演奏樂器穿梭
如果你剛好讀了這則宣言
剛好我路過那麼
請以剛好的調調拋擲

一種夏宇的氛圍
神秘吸引萬物

剛好都是等待來的
追蹤歷史紀錄
不是性別不符就是
成了隔壁桌苦澀微甜的下午
濃淡適中時茶包提起

「飯吃不乾淨
小心長大嫁給大花貓」
一則像威脅的祝福
畢竟他沉靜優雅
性寒溫暖聲音細緻
大花貓從來沒有不好
至少遇見機率比不理想情人還高

〈你們不為挫折而來〉曹馭博

革命的前日你們
只會牽手
再也不提及之後的事
例如做愛、懷孕
與生孩子
再也不提及
一個未來的建構

在革命的前日
這算哪門子的你們。
只會與愛人
緊緊相擁
早已習慣於聲明、話術
與奪取過的謬論
在陰影下你們
盡可能地不卑不亢

突然有風

吹自於故鄉，你們
會跟它回到邊陲的城市嗎？
若沒有人能回答關於
街角所發生的事，若沒人
能回答關於
編年史的後續
這算哪門子的你們

或許你們
都無法再後退了
革命的前日沒有人
能轉達你們的沉默
在這裡，你們
不為挫折而來

〈告別〉林佑霖

用玫瑰作為火種
焚燒田納西森林的麋鹿
鹿角橫躺在草原
白骨堆疊以一種啟示性
巫術、祕語以及煙霧
密謀上世紀的狩獵

在火繁衍之後
暗藏一塊鎖骨
我們的文明已成廢墟
只剩斑駁的屍骸
等待昨日再一次降臨

吟遊詩人帶來預言
「在玫瑰與薄荷間選擇
在性愛與未來間游移
前進與後退同時發生
旋轉彼此一生」

回到焰火所聚焦的瞳中
與鎖骨許下約定
待玫瑰盤繞出荊棘花園
行旅下一座森林

微光現代詩社簡介

由淡江大學中國文學學系大學部學生洪崇德於二零一一年創社。社課主要內容為讀詩會、創作課、詩人座談會以及影像文學，曾邀請過詩人楊佳嫻、隱匿、須文蔚、鴻鴻、吳岱穎與我們分享現代詩與創作，平日社員也會互相進行詩藝的切磋，在創作課時進行即席創作，並在期末社員讀詩會上一同討論彼此的作品。

自創社以來，每一學期會出微光詩刊，目前已發行第九期，也曾出過一期以校內五虎崗文學獎為專題的報刊。

二零一三年時首度嚐試進行校內詩展，二零一四年於校內黑天鵝展示廳成功舉行特展，讓現代詩結合展覽形式，以助於達到推廣現代詩的初衷，也助長校內閱讀現代詩風氣。二零一五年舉辦了第一屆微光詩歌節，主題為「自覺年代，我不想成為——」，是為期三個月以嘉年華的形式在淡江大學及淡水周邊進行，將現代詩融入生活之中，以詩之名，看見這個自覺的年代。

自二零一一年開始微光現代詩社便時常舉行跨校性的詩社交流，第一屆時曾邀請七年級詩人張日郡、謝三進與微光現代詩社代表學生洪崇德、曾貴麟以及社團指導老師趙衛民進行座談會；第二屆時則廣邀大學詩社進行交流，有台北教育大學「退詩社」、新竹教育大學「窺詩社」、東華大學「文藝社」，政治大學「長廊詩社」以及風球詩社社長廖亮羽；第三屆轉變形式為文學專題對談，邀請台灣大學「現代詩社」、元智大學「不成文詩社」以夏宇的詩作為主題進行對談。

第四屆、第五屆時也延續當初跨校性詩社交流的初衷，持續舉辦全國大學詩社聯合座談，而除了以往邀請到的大學詩社，更邀請到台灣師範大學「噴泉詩社」、高雄醫學大學「阿米巴詩社」以及新成立的東吳大學「光年現代詩社」。使全國大學詩社聯合座談成為每年冬季時，各大學詩社聚於淡水討論詩作，交換想法或者聊聊彼此的未來的文學盛宴。

學生在校園內自行組織大學詩社，除了建立自我的創作環境之外，更是希望我們對於文學的熱情能夠在校園內讓更多人看見。

我們是一群喜愛文字的人，微光現代詩社。

〈光合作用〉林佑霖

在暗夜中搜索
神的不在場證明
星辰都已潛逃
僅存些許微光
低低的
兀自發亮
所有微弱的小小光能
在被吞噬之前
都能擁抱各自的花園
在地面上排列
構成嶄新的星群

國家圖書館出版品預行編目(CIP)資料

光合作用 / 淡江大學微光現代詩社
編著. -- 初版. -- 新北市 : 斑馬
線, 2016.05
面 ; 公分

ISBN 978-986-92461-7-0(平裝)

831.86

105006925

光合作用

總編輯 林佑霖
執行編輯 褚岳霖
內頁插圖 李冠緯
封面設計 鄭安淳

發行人 洪錫麟
社 長 張仰賢
製 作 微光現代詩社
出版者 斑馬線文庫有限公司

總經銷 楨德圖書事業有限公司
地 址 新北市新店區寶興路45巷6弄7號5樓
傳 真 02-8914-5524

製版印刷 龍虎電腦排版股份有限公司
出版日期 2016年5月
I S B N 978-986-92461-7-0
定 價 200元